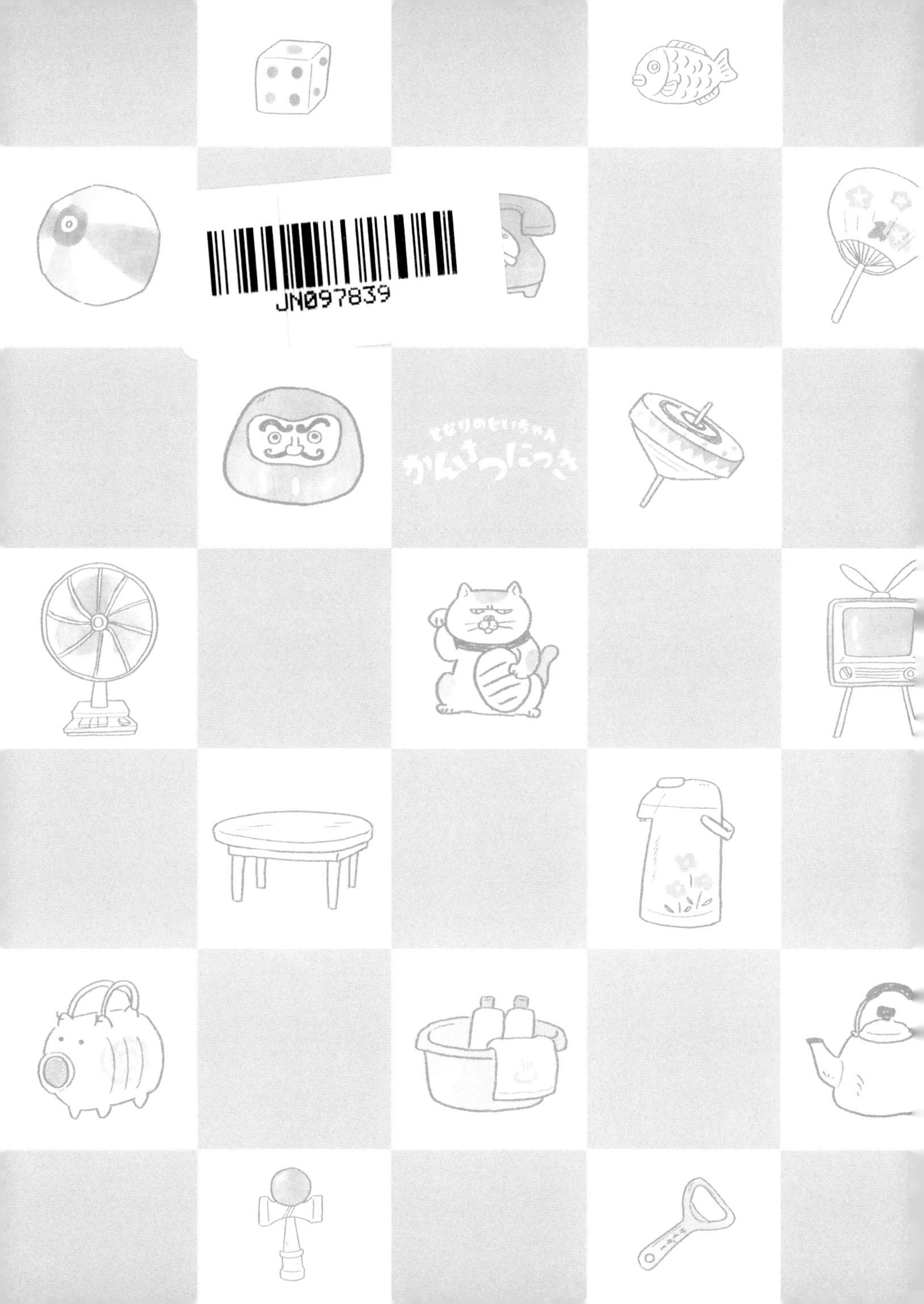

JN097839

となりのじいちゃん
かんさつにっき

ななもりさちこ：作●たまゑ：絵

理論社

あさがお

一《いち》くみ ようた

一《いち》がっきの おわりに、あさがおを もってかえった。
これから まい日《にち》 お水《みず》を あげるんだ。
ぼくの あさがおは、まだ つぼみが ないけど、
ほしのさんなんか もう 花《はな》が さいたんだよ。

1　あさがおが　かれた

「ようた。あさがおに、お水《みず》　あげたの？」

かあちゃんが、パートから　かえってきて、ぼくに　きいた。

「いけね、わすれてる！」

ぼくは、じょうろを　もって　ベランダに　でた。でも、
おそかった。

「ああ、かれちゃった……」

あさがおの、つるは　ふんにゃり、はっぱは、しなしなだ。
むりないかも。ぼく、お水《みず》　あげるのを　わすれてたから。
きょうは、ともくんの　いえに　いったし、きのうは、プール
だったし。おとといは、えーっと　なんだっけ？　なんかずっと、
あそぶのが　いそがしかったんだ。
ぼくは、なつやすみの
しゅくだいの
「あさがおの
かんさつにっき」を
ひらいた。

8月《がつ》1日《ついたち》
あさがおは、きょう、かれました。
だから、かんさつにっきは　おわりです。

こうかいたら、　かあちゃんが　すごく　おこった。

「まい日《にち》、お水《みず》を　あげないからでしょ！　なにか、ほかのものを　かんさつして、にっきを　かきなさい！」

やばい　やばい、かあちゃんは　ほんきだぞ。ぼくは、かんさつにっきを　もって、そとに　でた。

「かわりのものなんて、なにを　かけばいいんだよう」

ぼくは、みちに　でて、ぶつぶついいながら　あるいた。

そしたら、となりの　いえの、木《き》の　へいの　すきまから、みたことのあるはっぱが、はみだしていたんだ。

「あれっ？」

やぎの　かおみたいな　かたちで、チクチクの　けが　はえた　はっぱ。

「これ、あさがおだ」
ぼくは、となりの　いえの　にわを、のぞきこんだ。

もんの　すぐよこで、あさがおが、じめんから　はえていた。
たけの　ぼうに　つるを　まきつけて、わさわさと、はっぱを

しげらせている。
ぼくは、もっていた　かんさつにっきを、ひらいた。
さっきかいた「かれました」を　けして、かきなおした。

8月《がつ》1日《ついたち》
あさがおは、きょう、もげんきです。

「よし、きょうから　このあさがおを、ぼくのあさがおだってことにして、かんさつにっきを　かくぞ！」
ちょっと、ずるかな？　でも　しかたない、しゅくだいのためだもん。

2 ねこの まさこちゃん

つぎの あさ、ぼくは、かんさつにっきを もって、となりの
あさがおを みにいった。
もんから、そっと、なかを のぞいた。
ちいさくて ちゃいろい いえは、しーんとしている。
ひだりにある にわには、だれも いない。ぼくは ほっとして、
あさがおを みた。
「あっ、つぼみだ！」

つぼみが　ついている。あかと　しろの、ねじねじの　つぼみだ。
はっぱには　水《みず》たまが　ついて、きらきら　ひかってる。
だれかが　もう、お水《みず》を　あげたんだな。

ぼくが　しゃがみこんで、あさがおの　えを　かいていたら、
なにかが「どすん！」と、ぶつかってきた。
「にゃっ！」
ねこだ。でっかい　みけねこ。
ねこは「そこを　どけ！」というように、にらんできた。
ぼくが　たちあがると、ねこは、あさがおの　ねもとの　土《つち》を、
ざっくざっくと　ほりかえした。
「こら、ぼくの　あさがおに、なにするんだよ」
ねこは、おかまいなしに　すわりこんで、めを　とじて、
しっぽを　もちあげて、
むりむりむりっ！

と、うんちをした。
ねこは、ざっかざっかと　うんちに　土《つち》を　かけた。それから、
ぴぴっと　手《て》を　ふって、つめに　はさまった　土《つち》を
ふりとばした。

そのとき、いえの　なかから、
「まさこちゃーん、ごはんだよー！」
という　こえが　きこえた。
うわっ、えんがわに、おじいさんが　たってる！
ぼくは　あわてて、もんの　かげに　かくれた。
だって、「かってに、うちの　あさがおの　えを　かくな！」
って、おこられるかもしれないから。
ねこは「にゃん」と　へんじをして、
すたすた　いってしまった。
「まさこちゃんっていうんだ、でっかい
ねこ」

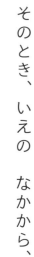

まさこちゃんは、うんちも　でかかった。
あさがおは、うんちを　されたのに、きげんよさそうに
すっくり　たっている。
ぼくは、かんさつにっきに、こうかいた。

8月《がつ》2日《ふつか》
あさがおに、つぼみが　つきました。
あかと　しろの　ねじねじです。
ねこの　うんちは、ひりょうに　なるのかもしれません。

3 ほした カッパ

きょう、あさがおの　花《はな》が　さいた。あかい花《はな》だ。
「うわ、おっきい！　かっこいい！」
はっぱの　水《みず》たまが、きょうも　きらきらしている。
あのおじいさんが、お水《みず》を　あげたのかな？
花《はな》の　えを、かいている　とちゅうで、おじいさんと
まさこちゃんが、にわに　でてきた。
いそいで、もんの　かげに　かくれて、おじいさんが、いえに

はいるのを　まつことにした。

おじいさんは、

「よっこいせっ！」

といって、ものほしざおに、せんたくものを
ほした。

あれ？　へんな　せんたくものだなあ。
みどりいろで、ながそでシャツと　ながズボンが、つながった
かたち。ぬれて、ぬめっと　ひかってる。
なんか、ようかいの　本《ほん》でみた、カッパに　にてるぞ。
どうたいの　まんなかに　ついてるの、あれって、カッパの
・・・
こうらじゃないかな？

「きょうは、よくかわくぞー！　なあ、まさこちゃん」

と、おじいさんは、うれしそうに　いって、カッパを
パンパンと　手《て》で　たたいた。

「さあ、きょうも　げんきに　たいそうだ！」

おじいさんは、ぐいっと手《て》を　うえに　あげて、たいそうの

うたを　うたいはじめた。
「こしを～のばしてぇ～、手《て》を　そらにぃ～」
それから、ぐぎぐぎぐぎっと、せなかを
そらせて、くるしそうな　こえになった。
「ようっ……、かい……、きあいだぞ！」
こんどは、がにまたの　みじかいあしで、うんしょっと、
しこを　ふんだ。
「こしを～おとして……、大地《だいち》を　ふんで……、
ようっ……、かい……、まけないぞ～！」
ええっ？「ようかい、まけないぞ」って　うたってるぞ。
このおじいさん、なにものなんだろう？

ぼくが、おじいさんの　かおを、
よく　みようと　おもって、くびを　のばしたら、
じりりりり～ん！
いえの　なかから、大《おお》きなベルの　おとがした。
「はいはい」
おじいさんは、えんがわから、いえに　あがって、

「もしもし。はいそうです」
なんて、はなしだした。
でんわの　ベルだったんだ。でっかいおとだなあ。
「なに！　でましたか。はあ、そんな　たかいところに。
そりゃあたいへんだ、すぐに　いきます。たいじしましょう！」
おじいさん　いま、「でましたか」とか「たいじしましょう」
とかいったよね。ようかいが　でたってこと？　おじいさんが
ようかいを　たいじするの？　たかい
ところっていったから、こんどは、
カッパじゃなくて、てんぐかな？
うわあ、こわい。

ぼくは、かんさつにっきを　とじて、いえに
はしってかえった。

ばんごはんの　とき、かあちゃんに　きいてみた。

「あのさ、となりの　おじいさんて、なにもの？」

「なにものって？　ふつうの　おじいさんでしょ？」

「ふうん。おじいさん、しごとは　なにしてるの？」

「もう　はたらいてないでしょう。ねんきんで、
くらしてるんじゃない？」

「そうなの？　がっこうも、いかなくていいんだよね」

「えっ、まさか　ようた。おじいさんが　うらやましいの？

あのね、おとしよりっていうのは、わかいときに、いっぱい　はたらいたから、いまは、しごとをしなくてていいのよ」
「わかいときの　しごとって……もしかして、ようかいたいじ？」

「なによ、しごとがようかいたいじって！
あはは！」
かあちゃんは、おおわらいした。

でも、やっぱり　ぼくは、あやしいと　おもう。ほんとうに
かんさつしたほうが　いいのは、あさがおより、
おじいさんかもしれない。

8月《がつ》3日《みっか》
あさがおの花《はな》が、さきました。
あかくて、まんなかは　しろです。
みどりの　はっぱの　なかに、あかい花《はな》が
ぽんと　さいて、あかりが　ついたみたいでした。
せんせい、となりの　おじいさんは、あやしいです。
カッパみたいなものを、ほしているのを　みました。

4　きゅうきゅうしゃ

きのう　さいた花《はな》は、けさは　しぼんでいた。きのうは
あんなに、きれいだったのになあ。おまけに　きょうは、
はっぱに　水《みず》たまも、ついていない。
「お水《みず》　あげるの、わすれてるのかな？」
ぼくは　しゃがんで、しぼしぼの　花《はな》の　えを　かいた。
きになったから、ゆうがたも　みにいったら、やっぱり
水《みず》たまは　ついてなくて、あさがおの　はっぱが、

しんなりしていた。
ぼくは　あせった。ぼくは、
「あさがおを　からすプロ」だから
わかる。このあさがお、
このままじゃ　かれる！
いえの　なかを　のぞくと、
えんがわにいた　まさこちゃんと、
目《め》が　あった。
「うぎゃ〜お！」
まさこちゃんが　ないた、ぼくに
むかって、つよくないた。

まさこちゃんの　よこに、おじいさんの　あしの　うらがみえた。

あれ？　おじいさん、あんなところで　ねてるのかな？

いや、ちがう。いま「うう～ん」って、うなったぞ！

「た、たおれてるんだ！」

ぼくは、ころびそうになりながら、かあちゃんをよびにいった。

かあちゃんは、おじいさんに　かけよって、すぐに、
きゅうきゅうしゃを　よんだ。きゅうきゅうしゃが　くると、
かあちゃんは　おじいさんに　つきそって、のりこんだ。
「ようたは、いえにいるのよ！
れいぞうこの、チャーハン　たべて　まってなさい！」

ぼくは、まさこちゃんと、きゅうきゅうしゃの
あかいランプを　みおくった。
よる、かあちゃんが　かえってきて、なにがあったのか
はなしてくれた。
「となりの　おじいさんは、『ぎっくりごし』で、
うごけなくなってたのよ」
びょういんに　いって、ちゅうしゃをして、しっぷを　はって、
ようつうベルトを　こしに　まいたら、すこし
よくなったんだって。
ようつうって、こしが　いたいことだって。
おじいさんは、「まさこちゃんに、ごはんを　あげないと」って、

にゅういんしないで、かえってきたんだって。

「まさこちゃんって、ねこのことだって。おじいさんは、ひとりぐらしなのね。だから　わたしが、しばらくのあいだ、ごはんの　おせわをしようと　おもうの」

「うん」

「ようたも、きょうりょくしてね。まさこちゃんの　ごはんと、あさがおの　水《みず》やりを　おねがい」

「えっ？　なんでぼくが」

「おとなりの　あさがおを、こっそり、

かんさつしてるんでしょ」
かあちゃんは、にっと　わらった。ああ、かあちゃんに、
かくしごとなんて　できないんだ。

8月《がつ》4日《よっか》
あさがおの 花《はな》は、いちにちで しぼんで、
しぼしぼに なりました。
となりの おじいさんが、ぎっくりごしで たおれました。
ぼくが はっけんして、かあちゃんが たすけました。

5　しょうわの　いえ

あさ、かあちゃんに　つれられて、ぼくは　はじめて、となりの　いえの　なかに　はいった。

かあちゃんは、げんかんから　ずんずん　はいって、

「おはようございます」と、ふすまを　あけた。

おじいさんが、たたみの　へやに、ふとんを　しいて　ねていた。

まどが　あけっぱなしで、えんがわから　あかるいにわがみえた。でも、へやの　なかは、なつなのに、くらくて

味
5

ひんやりしてる。
おじいさんは、ふとんの　なかから、ぼくたちを
おがむみたいにして　いった。
「おくさん、きのうは、ありがとうございました。きょうも、
かたじけない。おお、ぼうやも　きてくれたのか、おはよう」
ぼくは、かあちゃんの　よこで、ぺこりと　おじぎをした。
ちかくでみると、おじいさんの　かおは、しかくくて、
目《め》が　ちっこくて、ちょっと　おっかない。
かあちゃんは、
「ようたっていいます。このこ、おたくの　あさがおを、
かってに　かんさつして、にっきに　かいてるんですよ。

うふふ」
と、いってしまった。
「かあちゃん、
だめだってば！」
ぼくはあせった、でも
おじいさんは
「あははっ」とわらって、
「そうかい、じゃあ
うちで、ゆっくり
かいていきな」
と、いってくれた。

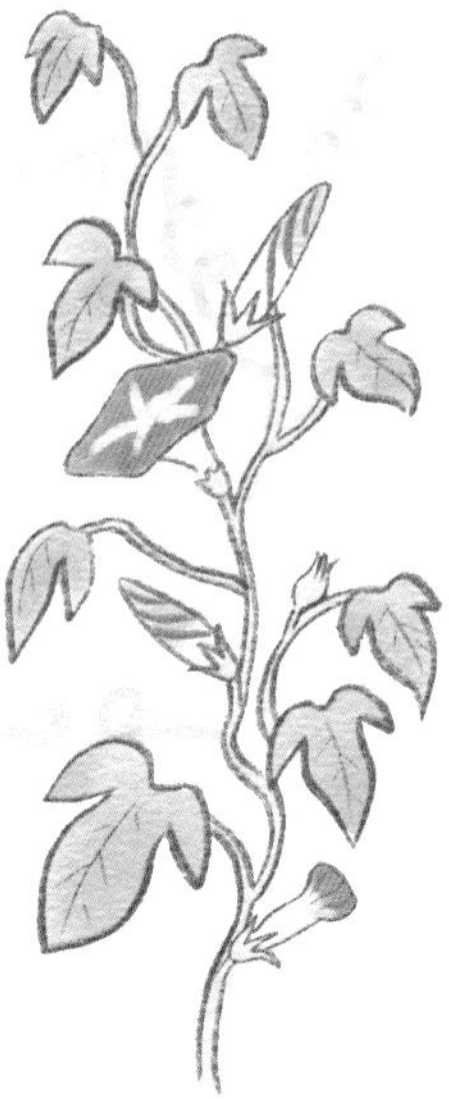

かあちゃんは、あさの　おむすびを　テーブルに　おくと、おひるの　おべんとうを、れいぞうこに　いれて、パートに　いってしまった。

のこされた　ぼくは、まず、あさがおに　お水《みず》を　やった。きのう、お水《みず》を　もらってなかった　あさがおは、お水《みず》を　ごくんごくん　のんでるみたい。お水《みず》が　ぐんぐん、土《つち》に　しみていった。

それから、まさこちゃんに　キャットフードを　あげた。

まさこちゃんは、ぼくの　あしに
すりすりして、
「にゃーん」て
ないた。うんちを
したときの、
ふてぶてしい　ねことは、
べつの　ねこみたい。

あさがおの　まえに　しゃがんで、
えを　かいていたら、おじいさんが、
「おーい、こっちで　かくと、すずしいぞ」

と、へやの　なかから、こえを　かけてくれた。
ぼくは、えんがわに　すわって、かんさつにっきを　ひろげた。
でも、すわるまえに、へやの　おくの　ふすまが、ちょっと
あいているのが　みえた。なんだか　こわい。あのすきまから、
オバケが　でてきそうな　きがする。
せなかを　きにしながら、あさがおの　えに、いろを
ぬっていたら、
「おっ、うまいな！」
と、おじいさんが　いった。
えを　ほめてくれたと　おもって、かおを　あげたら、
おじいさんは、おむすびを　たべているところだった。

「しゅくだい　おつかれさん！　ほれ、
ひとつ　くえ！」
おじいさんは、ぼくに、おむすびを
さしだした。
「あ、ありがとうございます。
おじいさん……」
「ははっ、じいちゃんで　いいぞ。
シゲじいだ」
おじいさん、いや、シゲじいは、ちっこい目《め》の　まわりを、
しわしわにして　わらった。おまけに、ほっぺたに、
ごはんつぶが　ついてて、ぼくも　わらってしまった。

シゲじいが、こわくないって　わかったら、いえの　なかも、
こわくなくなった。
ぼくは　いえの　なかを、たんけんさせてもらった。
くろいでんわは、もってみると　おもくて、
かぶとむしみたいだった。えんがわの、ぶたの　かたちの
おきものには、かとりせんこうが　はいっていた。
たたみの　へやの、ひくいテーブルは、ちゃぶだいって
いうんだって。あしが、たためるように　なってるんだよ。
ふすまの　なかは、おしいれだった。ふとんとか、
ストーブとかが　しまってあって、オバケは　いなかった。

8月《がつ》5日《いつか》

あさがおは、お水《みず》を あげると ごくごく のみます。

ねこは、ごはんを
あげると、カリカリ
たべます。

おじいさんは、
おむすびを たべると、
うまいなあって
いいます。

6 たんすの ひみつ

ぼくは、シゲじいの　いえが　きにいった。
まえに、かあちゃんと　いった『しょうわの
テーマパーク』みたいなんだもん。
ちゃぶだいに　むかって、せんぷうきに
あたると、おでこが　すーっとして、あたまが
よくなった　きがする。
ほかの　しゅくだいも、シゲじいの　いえで　することにした。

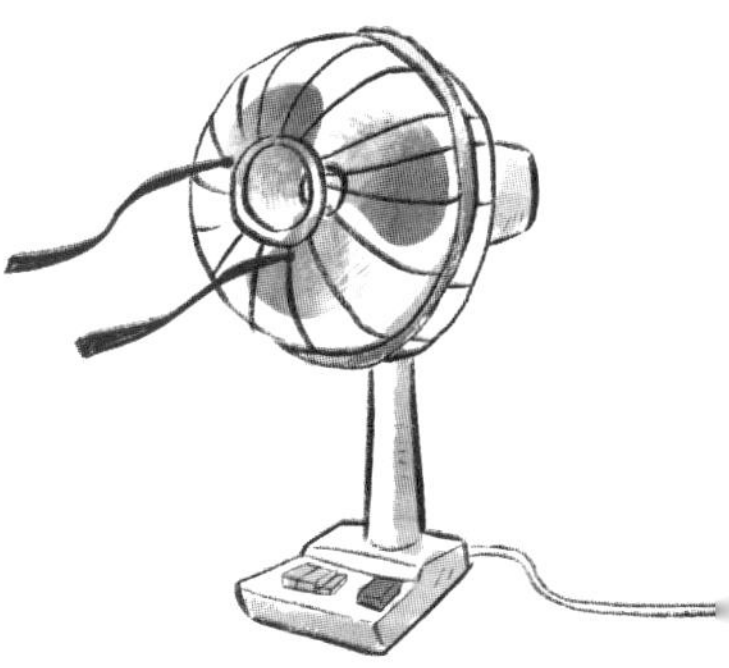

あさがおも、どうどうと　かんさつ　できるようになって、なんだか　ほんとうに、ぼくの　あさがおみたい。

じめんに　ほっぺたを　ちかづけて、みあげると、あさがおはジャングルに　みえる。ありんこになった　きぶんだ。

はっぱの　かげに、まだ　みどりいろの　小《ちい》さいつぼみが、いっぱい　ついているのが　わかった。

「シゲじいの　あさがおは、なんで　こんなに　げんきなの？」

ぼくは、きいてみた。

「そりゃあ、じめんから、はえてるからだろうなあ」

と、シゲじいは　いった。

「うえきばちと、そんなに　ちがうの？」

「そりゃあ　おまえ。うえきばちの　土《つち》を、
おちゃわん一《いっ》ぱいの　ごはんだと、
かんがえてみろ。それに　くらべたら、
じめんは、どんぶりめし
くいほうだいだぞ！」
ぼくは「なるほど！」とおもって、
かんさつにっきを　かいた。

あさがおは、じめんが　すきです。

こうかいて、ぼくは「あっ、しまった」とおもった。だって、

ぼくの　ほんとうの　あさがおは、うえきばちの　あさがおだ。
じめんになんか、うわってない。
ぼくは、「じめんが　すきです」を　けそうとした。
でも　やめた、しょうじきに　かくことにしたんだ。

8月《がつ》6日《むいか》
あさがおは、じめんが　すきです。
シゲじいが、「じめんの　土《つち》は　たべほうだいだ」
って　おしえてくれました。
せんせい。ぼくは、うそを　ついていました。
ぼくの　あさがおは、ほんとうは、8月1日《がつついたち》に　かれました。

いまかんさつしているのは、
となりの、シゲじいの　あさがおです。

しょうじきに　かいたら、　こころが　かるくなった。

にっきを　かいたあと、　まさこちゃんと　あそんだり、　おかしを　たべたりしていたら、　はしらどけいが、　ボーンボーンと　五《ご》かい　なった。

ぼくは、　かえるまえに、　シゲじいに、　なにか　してあげたくなった。

「そうだ、しっぽを　はりかえてあげるね！」

「おっ、そいつは　ありがてえなあ。しっぽは、たんすの一《いち》ばんうえの　ひきだしだ」

ぼくは　はりきって、たんすの　ひきだしを　あけた。

そしたら、しっぽの　よこに、あの　みどりいろの　せんたくものが、しまってあった。

（あっ！　ほした　カッパだ……）

そうっと　つまんでみたら、それは、ジャージみたいな　ぬので　できていた。よかった、

ほしガッパじゃなかった。
でも、そのしたから、もっと　すごいものが　でてきたんだ。
きらきらした　まるい　えんばんに、ふとい　バンドが
ついてる。
なんで、こんなものが　あるんだろう？　ふりかえって、
きこうと　おもったとき、
「あらー！　ようたったら、いつまで　おじゃましてるの！」
かあちゃんが、むかえに　きてしまった。
だから、シゲじいには　きけなかったけど、あれって、
ヒーローの　へんしんベルトだよね？　なんで、シゲじいが
もってるの？

7 キャットフードどろぼう

あさ、えんがわで、まさこちゃんに
ごはんを　あげていたら、シゲじいが
にわに　でて、たいそうを　はじめた。
よかった、だいぶ
うごけるようになったんだ。
「こしを～のばして～
手《て》を　そらに～！

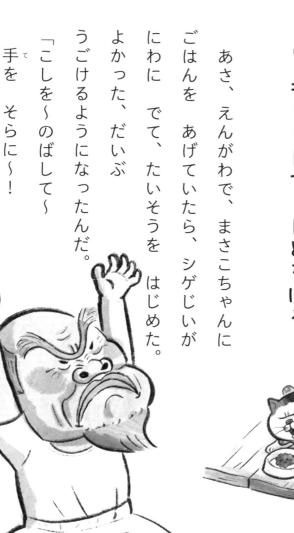

ようつう　かいぜん　きあいだぞ！」
あっ、あのたいそうだ。
「こしを～おとして～　大地《だいち》を　ふんで～
ようつう　かいぜん　まけないぞ～！」
なあんだ。ちゃんと　きいたら、「ようかい」じゃなくて、
「ようつう、かいぜん」って　いってたんだ。シゲじいは、
こしが　いたいのを　なおす　たいそうを、してたのか。
たいそうが　おわると、シゲじいは、
「いてててて」
と、こしを　さすった。まだ　いたそう。だから　ぼくが、
おつかいに　いくことにした。

まさこちゃんの　ごはん「ごろりんニャンコ
まぐろスペシャル」を、かいにいくんだ。

シゲじいは　ぼくに、千《せん》えんさつを　わたして、こういった。

「おつりで、おかしを　かって　いいぞ」

やった！　ぼく、かあちゃんより、シゲじいが　すきかも！

ぼくは、スーパー『まるや』に　いった。かあちゃんは
ここの、おそうざいうりばで、はたらいてるんだ。
ペットようひんうりばで、「ごろりんニャンコ
まぐろスペシャル」の　ふくろを　みつけた。
レジに　いったら、ねこの　おもちゃが、いっぱい

ならべてあった。きらきらしたのとか、ふわんふわんのとか、ぴろぴろが　ついてるのとか。

ぼくは、おつりで、きょうりゅうグミと、きらきらした ねこの　おもちゃを　かった。レジの　ひとが、

「ぼうや、おつかいかな？　えらいね」

と、いいながら、おもちゃと、おかしと、キャットフードの　ふくろに、おみせの テープを　はってくれた。

「まさこちゃん、よろこぶかな？」

ぼくは、シゲじいの　いえに　はしって かえると、げんかんに「ごろりんニャンコ

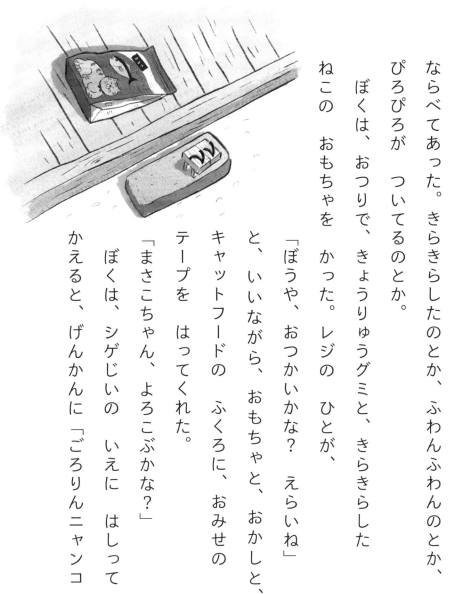

まぐろスペシャル」を　ほうりだして、にわに　いそいだ。

まさこちゃんは、うめの　木《き》に　のぼっていた。ぼくが
おもちゃを　ふりまわすと、目《め》を　ギラン！　と　ひからせた。

「おっ、おもちゃを　かったのか」

シゲじいが、ふとんから　おきあがっていった。

「うん！　ほらほら、きたきた！」

きゃはは！　と、ぼくが　わらったとき、
がたん！

げんかんで、おとがした。

「なに？」「だれだ？」「ふぎゃ？」

げんかんから、せのたかい　おとこの　ひとが、
とびだしていくのが　みえた。

手《て》に、

「ごろりんニャンコまぐろスペシャル」

の　ふくろを　かかえている！

「ど、どろぼうだ！」

「ふぎゃー！」

「なに！　キャットフードどろぼうだと⁉」

シゲじいが、においうだちになった。

「ゆるさん！　おれが　つかまえてやる！」

シゲじいは、たんすを　あけて、みどりの　せんたくものを、
びろ〜んと　ひっぱりだした。こうらが、ばーんと　みえた。

「うわっ、やっぱり　ほしガッパだ！」

「なんだ、ほしガッパって？　これは、ヒーローが　きる、
ヒーロースーツだぞ」

「ヒーロースーツ？　カッパの　こうらが　ついてるのに？」

「カッパじゃねえ、これは　カメの　こうらだ。カメの
こうらに、シゲじいの　イニシャル、SG《エスジー》を　つけた

デザインだ。かっこいいだろう」
シゲじいは、カメの　こうらの　マークを、むねに
あててみせた。

「なんで、カメの　こうらの　えなの？」

「カメってのはなあ、ながいきなんだぞ。えんぎが　いいんだ」

シゲじいは、つづけて、あのベルトを　かかげた、

「そして　これが、ヒーローの　あかしだ！」

ベルトの　えんばんが、ピココーンと　ひかった。

「へんしんベルトだね。シゲじいは　このベルトで、
ヒーローに　へんしんするの!?」

シゲじいは　うなずくと、「トウッ」と　かけごえを　かけて、
ポーズを　きめた。とたんに、

「いてててて」

こしを　おさえて　うずくまった。

「ああっ、シゲじい、だいじょうぶ？」
「くそう、きょうは　むりか。どろぼうめ、
まってろ！
あしたこそ、このおれが、ヒーローに
へんしんして、
つかまえてやるからな！」

8月《がつ》7日《なのか》
あさがおは、ねじねじの つぼみから
まるい 花《はな》に へんしんします。

シゲじいは、へんしんベルトで
ヒーローに へんしんします。
どろぼうを、
やっつけるんです！

8　シゲじい　へんしん！

あさ　はやく、おむすびを　もって、シゲじいの　いえに　いった。どきどきしながら、ふすまを　あけると、シゲじいは、きがえを　してるところだった。

みどりの　ヒーロースーツに、そろーりそろりと、あしを　とおす……。なんか　へんだ。

「シゲじい、へんしんって、きがえるんだっけ？」

「あん？　なんか　おかしいか？」

「ヒーローは、 へんしんベルト しめて、『トウッ』て ちゅうがえりして、 へんしんするんじゃないの？」

「ばかいえ、 としよりに そんなことが できるか。 おれの へんしんは、 きがえだ！」

シゲじいは、 みどりの ヒーロースーツの うえに、 はだいろの ようつうベルトをして、 そのうえから へんしんベルトを、 ぎゅっと まいた。

「へんしん かんりょう！」

なあんだ、 がっかり。 これじゃあ、 へんしんじゃなくて、 ただの へんそうじゃないか。

「ようた、 あさがおの 水《みず》やりを たのむ。 おれは、

まさこちゃんの　ごはんだ。それが　すんだら、
スーパー『まるや』に　しゅっぱつだ！」
「えっ、そのかっこうで　いくの？　いやだ、はずかしいよ」
だって、シゲじいは　どうみても、ヒーローどころか、
へんそうした　へんな　おじいさんだもん。

シゲじいは　しらんかおで、かあちゃんの　おむすびを、ばくりと　かじって、むねを　はった。
「さあ、いくぞ！」

ぼくは、シゲじいと　そとに　でた。

はずかしいから、したを　むいて　あるいていたら、しらないおばあさんに、こえを　かけられた。

「シゲさん！　このあいだは、はちのすを、たいじしてくれてありがとう。げんかんだったから、あぶなくってねえ。たすかったわ」

「なあに、ちいさい　すだから、たいしたことは　なかったさ」

SG

ふたりが、そう　はなしたので、ぼくは　おどろいた。

「はちのすたいじを　したの？　シゲじいが？」

「そうよ。たかいところの　すを、ハシゴに　のって、とってくれたのよ。シゲさんは、わたしたち　としよりを　たすけてくれる、ヒーローなのよ」

シゲじいは、てれくさそうに　あたまを　かいた。

「なあに、おれが　やってるのは、としよりせんもんの『おたすけヒーロー』さ」
「おたすけヒーロー？　なにそれ？」
「としよりが　ひとりで　できないことを、たすけるのが、おれの　しごとだ。たとえば、

でんきゅうの　こうかんとか、
木《き》の　えだを　きるとか、
ビンの　ふたを　あけるとか。
しょうぎの　あいてなんかも
するぞ」
「どんな　ちいさなことでも、
でんわいっぽんで、ヒーローに　へんしんして、
おたすけに　きてくれるのよ」
おばあさんが、にこにこして　いった。シゲじいが、
「これを　みろ」
といって、うしろを　むいた。

ヒーロースーツの　せなかに、こうこくが　かいてあった。

おでんわ一本《いっぽん》！
おたすけヒーローが　かけつけます
おとしより　せんもん　ＳＧ《エスジー》サービス

「こういうことさ！」

せなかには、でんわばんごうも、ばっちり　かいてあった。

「シゲじいは、いつも　ヒーローの　かっこうで　いくの？」

ふつうの　かっこうでも　できるのに、

はずかしいじゃないかって、ぼくは　おもった。すると

シゲじいも　おばあさんも、こえを　はずませて、こういった。

「ヒーローのかっこうで　いくと、みんな　よろこぶんだよ！」

「そうよ、ヒーローを　みると、げんきが　でるでしょ！」

おばあさんが、手《て》を　ふって　いってしまってから、ぼくは

きいた。

「シゲじい。もしかして、はちのすたいじを　してあげて、ぎっくりごしに　なったの？」

「しいっ！　ないしょだぞ。ヒーローが　かっこわるいだろ」

シゲじいは、にやりと　わらった。

へんてこだけど、シゲじいが、おとしより　みんなのヒーローだって　わかって、ぼくは　いっしょに　あるくのが、はずかしくなくなった。

ぼくたちは、どうどうと、スーパー『まるや』に　はいった。

9 はらぺこ どろぼう

ペットようひんうりばに　つくと、
シゲじいは、キャットフードを
カートに　じゃんじゃんいれた。「金《きん》のニャンコ本《ほん》まぐろ」とか
「にゃんこの王様《おうさま》カニカマざんまい」とか。いつものより、
たかいやつ　ばっかり！
いえに　かえると、それを、げんかんに　やまづみにした。
「なんで、こんなことするの？」

「ふふん、この　こうきゅうキャットフードは、わなだ。どろぼうのやつ、これを　みたら、きっと　また　ぬすもうとするぞ。そこを　つかまえるんだ」

ぼくと、シゲじいと、まさこちゃんは、ふすまの　かげに　かくれた。

「つかまえたら、やっつけるんでしょ！」

ぼくは、パンチキックの　まねをして　きいた。

ところが　シゲじいは、

「さあて、どうするかなあ」

と、かんがえこんでしまった。

「ほんものの　ヒーローなら、『わるものだ！』っておもったら、
こてんぱんに、やっつけるんだろうがなあ……」

「やっつけるよ！　せいぎの　ヒーローなんだもん」

「でもなあ、わるいことをしたやつにも、なにか、
わけがあるんじゃねえかなあって、おれは　おもうんだ」

「じゃあ、ゆるしちゃうの？」

「そこも　むずかしい。たかが　ねこの　ごはんだってことで、みのがすと、そいつは　こんど、もっと　とんでもないものを、ぬすむようになるかもしれない」

「ほうせきとか？」

「ああ。にんげんてのはなあ、ずるをして、ずるに　なれると、だんだん　ずるが　でっかくなるんだ。だから　おれは、そいつが　もう　ずるをしないように、とめてやりてえんだ」

ぼくは　ドキリとした。

シゲじいの　あさがおで、こっそり　かんさつにっきをかいていたとき、ぼくは　ドキドキしていた。ずるしてるって、わかってたから。でも、かあちゃんが　ばらしてくれて、

シゲじいが　わらって　ゆるしてくれて、ぼくは
ほっとしたんだ。
どろぼうも、いま、ドキドキしてるのかなあ。

まさこちゃんが、ピクッと　みみを　たてた。
がたん！
げんかんで　おとがした。ぼくたちが
かけつけると、ひょろりとした　おとこが、
たっていた。
手《て》に、キャットフードの　ふくろを　もっている。
「あらわれたな、キャットフードどろぼう！」

ヒーローより　はやく、
まさこちゃんが
「フギャッ！」と、
とびかかった。

「ぎゃっ！」
どろぼうは、
キャットフードを　おとして、
ひめいを　あげた。

「ひいいっ、ご、ごめんなさい。ぼく、キャットフードをかえしにきたんです」

「なんだって？　かえしにきただと？」

どろぼうが　おとしたキャットフードは、たしかに「ごろりんニャンコまぐろスペシャル」だった。きのうレジの　ひとが　はってくれた、スーパー『まるや』のテープもついている。

「シゲじい、これほんとに、きのうの　キャットフードだよ」

ぼくが　いうと、どろぼうは、ふるえながら　うなずいた。

ずいぶん、やせっぽちの　おにいさんだった。ひょろひょろにせが　たかくて、なすみたいに　ながくて　あおいかお。

ヒーローすがたの　シゲじいを　みて、目《め》を
ぱちくりさせている。

「どうして、キャットフードなんか　ぬすんだんだ？」

シゲじいが　しかりつけると、おにいさんは、びくんと
ちぢみあがって、もごもごいった。

「はい、あのう、おなかが　すいて……」

「ええっ、キャットフードを　たべようとしたの？」

ぼくは、びっくりした。

「いいえ、ぼくじゃなくて、ぼくの　ねこです」

どろぼうの　おにいさんは　うつむいた。そこに、

「こんにちはー、あら、おきゃくさん？」

と、かあちゃんが　やってきた。
おひるを　もってきてくれたんだ。手《て》に　もった　おぼんに、
コロッケパンが　どっさり　のっている。
コロッケパンを　みた、どろぼうの　おにいさんの　おなかが、
ぎゅるるるるる〜
っと　なった。
「おめえ、やっぱり、
はらが　へってるんだろう。
とにかく　あがれ」
シゲじいが、おにいさんの
せなかを　おして、いえに　あげた。

10 たべる　しゅくだい

「まずは、たべましょう」
と、かあちゃんが、みんなに　いった。
ぼくと、シゲじいと、かあちゃんと、どろぼうの
おにいさんは、いっしょに　コロッケパンを　たべて、
むぎちゃを　のんだ。まさこちゃんも、とりもどした「ごろりん
ニャンコまぐろスペシャル」を、カリカリたべた。
おにいさんは、コロッケパンを、もぐもぐたべながら、

ぽつりぽつり、はなしはじめた。

「ぼく、ねこを　かってるんです。それなのに　ぼく、せんしゅう　きゅうに、バイトを　くびになってしまって。ねこの　ごはんが、かえなくなってしまったんです」

まさこちゃんが、おさらから　かおを　あげて、「うにゃっ？」と　いった。

「こまっているとき、この　おうちの　まえを　とおりかかって、

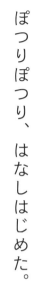

キャットフードが、げんかんに　ほうりだしてあるのが、
目《め》に　はいってしまったんです。おにわを　みたら、
ねこさんは、まるまるふとってて。おまごさんが、
おもちゃで　あそんであげてて」
「えっ、ぼく、まごじゃないけど」
って、ぼくが　いうと、じいちゃんは、
「まあ、まごみたいなもんだけどな」
といった。かあちゃんも、ふふっと　わらった。
「ぼ、ぼく、ここのねこさんの　ごはんなら、ひとふくろ
もらっても　だいじょうぶじゃないかと、
おもってしまって……でも、それは　どろぼうでした。

ごめんなさい」
おにいさんは、なきだしてしまって、コロッケパンの
キャベツに　むせた。かあちゃんが、ゲホゲホいってる、
おにいさんの　せなかを　さすった。
でも　ぼくは、それどころじゃないぞって、たちあがった。
「おにいさん！　おにいさんの　ねこは、いま
どうしてるの？」

ぼくたちは、キャットフードを　もって、おにいさんの
アパートに　いそいだ。
ドアを　あけると、ざぶとんの　うえで、ちゃいろの
とらねこが、すうすう　ねていた。
ぼくは、もってきたキャットフードを、からっぽの
おさらに　ざかざか　いれた。
ねこは、ぱちっと　めを　あけて、
すぐに　ごはんを　たべはじめた。
カリカリ。
ポリポリ。
もりもりもり。

「よかった、しんぱいしてたより、げんきそうだわ」
と、かあちゃんが　いった。
「うん、おにいさんの　ひゃくばい、げんきそう」
ぼくも、ほっとした。
「おめえ、ねこにばっかり　くわせて、じぶんは
くってなかったんだな」
シゲじいは、ヒーローベルトの　こしに　てを　あてて、
おにいさんを　にらんだ。おにいさんは、せいざをして、
「みなさん。ちゃめに　ごはんを、ありがとうございます。
ほんとに　ごめんなさい。すみません」
と、あたまを　さげた。

それを　みたシゲじいは、
「そうだなあ。かえしに　きたんだから、こんかいは
おおめにみるとするか」
と、うでぐみしながら　いった。
ぼくは、ねこを　なでて、おにいさんに　きいた。
「このねこ、ちゃめっていうの？」
おにいさんは「うん」と　うなずいて、はじめて
すこし　わらった。
「でもな」
と、シゲじいは、くちを　へのじにしていった。
「おめえは　もうすこし、しっかりしなくちゃいけねえぞ。

でんわ一本！
スケヒーローが
つけます
よりせんもん
Gサービス
0000−0000

ちゃめは、すてねこだったのか？」

「はい、かわいそうで　ひろったんです」

「そうか。たすけたのは、いいことだがな。でもな、ひろったら、いっしょう　めんどうをみるって、かくごをしねえといけないぞ」

「……はい」

「めしが　ないなんて、とんでもねえ！　めしは　ちゃんと、ようういしなくちゃいけねえ」

シゲじいの　くちが、ますます　へのじになって、ふじ山《さん》みたいな　かたちになった。と、おもったら、

「ねこの　ぶんだけじゃねえ！　じぶんの　ぶんもだぞ！」

シゲじいは、ぼくが
きいたことのない、でっかい
こえで、びしりと　いった。
おにいさんは、はっとして
かおを　あげると、
「はい、ぼく、すぐに　しごとを
さがします」
と、いった。シゲじいは、
「よし！　がんばれ！」
と、おにいさんの　せなかを、どんと　たたいた。かあちゃんも、
その　となりで、ガッツポーズをした。

おにいさんは、どうみても　やさしい　ひとなのに、
おなかが　すきすぎて、どろぼうしてしまったのかなあ。

8月8日《がつようか》

あさがおは、お水《みず》が　ないと、かれてしまいます。にんげんも、ごはんを　たべないと、だめになってしまいます。

がっこうの　しゅくだいを　わすれても、しなないけど、たべるのを、わすれたら　だめです。

たべることは、いきものの　しゅくだいなんだ。

でも、からだが　うごかなかったり、おかねが
なかったりすると、たべるしゅくだいが、できなくなります。
だから、たすけたり、たすけられたりして
みんなが、たべる　しゅくだいを、
できたら　いいな。

なん日《にち》か　たって、おにいさんは、
バイトさきを、みつけることができた。
それから、おにいさんは、
「おたすけヒーローみならい」にも
なったんだよ。

「おめえは、
せが　たかいから、
たかいところの

「しごとは、まかせたぞ！」
と、シゲじいは　わらった。
よかった。これでもう、シゲじいは、
ぎっくりごしに　ならないだろうな。

シゲじいの　にわ
一《いち》くみ　ようた

二《に》がっきに　なって　あさがおは　かれた。
でも、たねが　できた。

シゲじいの　にわの
どんぶりめし　くいほうだいの土《つち》で、
たねは　どっさり　できた。

らいねんは　シゲじいの　にわで、
トマトと　なすを　つくろう。
トウモロコシと　きゅうりも　いいな。
できたら　みんなに　あげるんだ。
みんなで　いっぱい　たべるんだ。

作者 ななもり さちこ

1961年、東京都生まれ。日本大学文理学部国文学科卒。四十歳半ばで一念発起、ときありえ氏に童話の創作を学ぶ。作品に『やぎこ先生いちねんせい』(大島妙子絵)『はりねずみのノート屋さん』(たかおゆうこ絵) 以上福音館書店。『こだぬきコロッケ』(こばようこ絵　こぐま社)『だじゃれ ことわじゃ』(ゴトウノリユキ絵　理論社) などがある。

画家 たまゑ

イラストレーター。雑誌や書籍で活躍中。猫漫画「猫マ師」をブログで好評連載中。ブサかわのねこの絵にファンも多い。

となりのじいちゃん かんさつにっき

2024年5月　初版
2024年11月　第2刷発行

作者　ななもり さちこ
画家　たまゑ

発行者　鈴木博喜
編集　芳本律子

発行所　株式会社理論社
〒101-0062　東京都千代田区神田駿河台2-5
電話　営業 03-6264-8890　編集 03-6264-8891
URL　https://www.rironsha.com

印刷・製本　中央精版印刷
ブックデザイン　C･R･Kdesign
本文組版　アジュール

©2024 Sachiko Nanamori &Tamae, Printed in Japan

ISBN978-4-652-20620-1 NDC913 A5 変形判 21cm 94p

落丁・乱丁本は送料小社負担にてお取り替え致します。
本書の無断複製（コピー、スキャン、デジタル化等）は著作権法の例外を除き禁じられています。私的利用を目的とする場合でも、代行業者等の第三者に依頼してスキャンやデジタル化することは認められておりません。

ジュース
かんさつにっき